Blue Wind Path

―青い風のとおりみち―

ふじの　こう

文芸社

Blue Wind Path

最初にくるもの
イメージ
悲しげな目
冷たい一面
淡淡として
温かい心
弱く

勝手で
苦痛で
平等でなく
光り輝き
美しく
混沌とした

幸せの塊

日があたり
芽がふいて
花がさく

言いたいこと、思い残したこと、いっぱいあったんだ。
話す術はない、けど想いを感じて伝える
ことはできるんだ。

君よ、心を開け!!

批難は、**悪い**ところをつっつくだけ。
批判は、**いい**ところをとるためにする。

どんな欠点でも、しばらくまっすぐ
歩ってみよう。
ちょっと行ってみなければ
わからないから。

今、生きています。
助けられたり、愚痴を言ったり、喧嘩をしたり、
泣いたり、笑ったりして。
これからも、そうやって生きていくと思います。
どんなことを言っても
人間は一人では生きていけません。
自分がつらい時でも人を助けることで、
知らないうちに自分も助けられていることが
あるものです。
弱い部分を担っている強さが
本当の強さなのだと思うのです。

空を雲が
巨大な船が行く
風にまかせて流れる
何を見るでも
何を聞くでもなく
あの雲は
いつの日か見た雲は行く
地上の存在はまるで気にしないで
悠々とあの雲は流れる
私もゆったり

意見のよりどころになっている考え方、　のある

いいのがれをしましょう。

論拠のある口実とでも言うのでしょうか。

何はともあれ、とにかく言葉をいっぱい
かわしてからですよ。
何でもいいから、一言でもいいから、
言葉、言葉をください。
会話やコミュニケーションの中に安心が
あるのではないでしょうか。
そこでは、いろいろなことが自然に出てくるのだと
思います。

今は腹いっぱいでも
明日はまた、腹へるんだぜえ、
ごまかせねえんだ。

幸せな状況につかりすぎてしまって
ナンダ？　ナンナンダ？　と
わからなくなってる自分がいませんか

どんなときでも、もう一歩ものごとを
よく見なおしてみてよ。
みんな玄関のほうからしかものごとを
考えてないんだよ。
もっと**裏口のほうから**ものごとを
見てみなよ、
何かがわかるかもよ。

100人 なら100とおり
1000人 いたら1000とおりの
理想があるんだろうね

「人生、先のこと考えたら、まあこれくらいでいいか」くらいのヤツ、がいいんだぜえ。

がまんしてあきらめちゃだめじゃん。
とにかく自分の意見を通してみよう、
5年後でも10年後でもいいから。

雨が降った後の土の道はぬかるんでいます、
特に真ん中は。
それでもみんな真ん中しか見てなくて、
そこを歩こうとします。
いちばん近道だから。
でも、道の端の方がぬかるんでなくて
歩きやすいってことがけっこうあるのです。
今まで真ん中を歩っていて、途中から端を歩くのは
遠回りになります。

だからみんなそのまま
ドロドロのところを行こうとして、足をとられたりします。
意外と、遠回りでも端っこを歩った方が
早かったりするのではないでしょうか。
幅はせまいけど。だから、ちゃんとバランスを
とって行きましょう。
食パンの耳を歩く、ような感じ。

退屈で、苦しくて、もう地獄で、
やんなっちゃやわないで、なんとか生きて
いきたいものです。

でけー地球、でけー夢、でけー愛、
けっして押しつけないで……。
それぞれの考え方で、
いろいろなものとふれ合う。
そして、みんな何かを
感じるんじゃないかな。

声は大きく前を見て怒りましょう。
こんな時代、
いろんな人がいろんな
ものごとに怒ります。
何かに 怒ること はいいことだと思うのです。

時間。
仕事。
食事。
勉強。
お金。
人間。

僕たちはいろんなもの、いろんなこと、いろんな人に
支配されて生きています。
じゃ、僕たちにとって一番ふさわしい「支配者」
って、何？　誰？

出遅れたね、僕は、
君に関して。

いちいちよけてばっかりじゃ
つまんないよ。

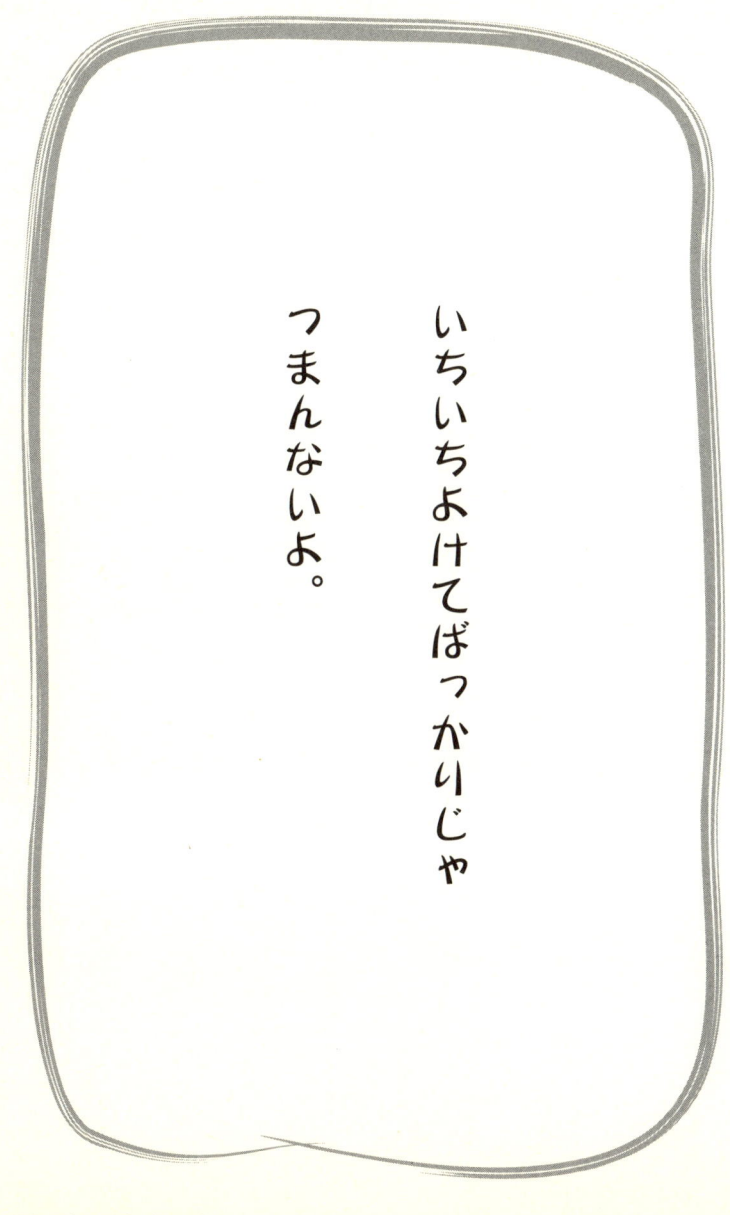

飛行機なら目的地に早く着きます。
鈍行列車だったらその何倍もの時間がかかるでしょう。
でも、早く目的地に着けば
確かに達成感はあるかもしれませんが、
なんかちょっとものたりないって感じるのではないでしょうか。
鈍行列車だったら目的地に着くのは遅くなります、当然。
そのかわり本をたくさん読めるし、
ゆっくり寝ることもできるし、
弁当を食べてもいいし、
きれいな花が咲いていたら途中で下りて見ることもできます。
海に寄りたければ寄ることもできます。

そして海辺を歩っていてわき道があったら
入って行くこともできます。
その道の先で
なにかすてきなものに出会うかもしれません。
僕の人生がもし旅だとしたら鈍行列車に乗っています。
寄り道をすることで
いろいろなものごとに出会ってもきました。
そのすべてがとてもすてきなものでした。
これからも何に出会うのか楽しみです。
時々でもいいですから、君よ　**鈍行列車で行きましょう。**

自分が、「いい！」と思って
選んだものは、すてきなんだよ。

「あなたのための愛」とか言ったら
君はうたがうもんなの?

「変なやつ」がいたらガツン！　と一発かまして
やればいいだけのことです。
あいさつをしても無視する人とか、
タバコやガムや空きカンを平気で道に捨てる人とか、
「動物は成長しないから……」
なんてことを言って人間を特別視する人とか、

変な、勝手な理屈をつけちゃう人とか、
動物や植物を無視して意味のない道路を造る人とか、
「親しき仲にも礼儀あり」
がわかっていない人とか、
……………………………………

たまには願いを言葉にしよう
毎日　想いを言葉にしよう
願いをかなえてあげよう

そうだよね
切ないよね

心がうそをつけなくて
胸がしめつけられるよね

自分をだますのは、
かんたん？　むつかしい？
自分を見張るのは、
たいへん？　らく？

勝ったら、美しいの？
負けたら、汚いの？
勝ったら「自分の力で勝った」、負けたら「努力がたりない」
と言われる。
汚いものがあるから美しいと思えるものがある、
比べるものがあるから。
「わるい子」がいなければ、「よい子」はいないんだ、
比べられないから。

たった一人の一言で、
たくさんの人が、
恩恵を受けることができるんだ。

言わねんだよなぁー、
すなおじゃねーなぁー、
でも、これは誰もがとおる
道なんだ。

あんまり悲しい顔してると
酸素を**吸えなく**なっちゃうよ。
笑顔でいる、ってところに
人間らしさがあるんじゃないかなぁ。

A「はやりだからねえ」
B「今、みんなそうだからねえ」
C「世の中がそういう流れだからね」
D「しょうがないいんじゃないの」

僕が「あーだ、こーだ」言うと、みんなこんなふうに答える。
だから僕は「まぁ、そーだね」と言う。
だけど本当はこう返したいんで、
「わかってんの！　んなこと俺だってわかってんだよ！
あんたがどう思うかが聞きたいんじゃん」てね。

会話ってむつかしいね。

もし、ぼくの方がはやく
歩きすぎているのなら、
ここでまっていよう。

こんな世の中、
腹のいい男たちが
すねますぜ。

自分のセイセキが
まったく　気にならない、
ということはない。

すぐ**キレ**てしまう人は、
とにかく自分を主張します。
表っつらだけの、自分だけの平等、平和を求めます。
だから、ほんのちょっとけしかけられると、
グアイが悪くなってしまうのです。
弱いやつには強く
強いやつには弱いのです。

「おだいじに、心に体に」

その一言が

すべてをはぐくむこともあるのかなぁ。

「簡単」ならいいけど
「安易」であってはいけないのかもしれない

できないのならできなくていいんだけど、
何かをやりたい、という衝動があるときに
できないのは、**辛**いのであって。

朝、「白」と考えたことを、

一時間後には、「黒」と考えている。

そよいでいるのぉ、俺は。

文字、言葉、

まるでかげろう。

反省するのはいい。でも、自分の性格まで
否定するのはよくないと思うのです。
つらいこと、
かなしいこと、
これを**すなおに受けとめよう、**まずは。
それからどうするかは、自分しだい。

いやなことには目をつむる、いいじゃない。
いやなことまで、やる必要ないんだよ。
人生、いやなことをやる時間なんて
ないんじゃないの？
好きなことだけをやる時間しかないよ。
だから、僕は好きなことをやる。
君も、そうしたらいい。

僕の耳を去らないでください

涼い夏　青い風

心のすべてを言葉であらわす
ことはできません。
心以上の言葉はありません。
残念だなぁ。
こんなうららかな日なのに、
僕は**切なくなってしまいます。**

僕には、そう見えていたよ。
君は笑っていたけれど、その目は
少しさびしそうで、少し悲しそうで。
その理由《わけ》を僕が聞く権利は……
ないよね。
人には言えないで、そう、
つらいだろうな。

ハート、という目に見えないかけひき。
理屈じゃなくて、体が感じるままに
ツッパシルしかないいんじゃないかなぁ。

前に進もうとすると強く引っぱられる、
まるでワゴムでつながれているかのように。

前を向いて、　後ろを向いて、
また前を向く。
ある程度のシナリオ。

わかろうとしなければ、
相手がどんなこと言っても
そりゃわからないよ。

座っているより立っていたほうが、いろいろな
ものを見ることができる。
ただ立っているよりも歩っていた
ほうが、たくさんのものごとと出合える。
歩っているより走っていたほうが、
いっぱい
地球を回ることができる。

お金をもうけてなくても、
うれしそうな
顔をしてる人もいれば、
お金をもうけてても、
うれしそうでない
顔をしてる人もいる。

今の自分をやるしかない
今の自分をがんばるしかない
かっこわるい自分だとしても

他人が、自分に、なにかやってくれなくて
あたりまえ。
もし、なにかやってくれたら、
それはすんごく**すばらしいこと。**

離れて知る存在の大きさ。
半年後、一年後の君が、どうなってるか
君にもわからないでしょ。
あのとき言ったことが本当なら、

そのとき……僕がいるさ。

あんまりアマゾンの樹を伐らないでほしいのですが……。
アマゾンで樹を伐られると私の国に酸素が
こなくなるわけで……。
地球は回っているんで、そうすると酸素も回って
いるわけで、酸素が回ってこないと、
私も窒息してしまうわけで……。

ほどほどにおねがいします。

知らないほうが幸せな
こともあるだろう。
でも、知らなきゃ先に進めない
こともあるでしょ。

答えのないことを考える。
これは、**とても大切な**ことだと
思うのです。

いきものは、受けた環境がおんなじでも、
反応はちがってくるんです。
それぞれちがうんです。
遺伝子ってやつだな。

大好きなもののなかにいても
キズつくことがある、
人間は。

やさしさのほうには、
なかなか歩っていけないもんだよなあ。
歩っていきにくいよ。

「ムシケラ以下」っていう言いかたをよく耳にしますが、
ということは、「ムシケラ」は「ニンゲン」以下なんですか？
ええ？
どっちが上か下かなんて考えちゃいけないし、
言っちゃいけないよ。
みんな、**おんなじ立場。**

とにかく結果が出るまで、

やりぬくヤツ。

あと一歩のところで、

あきらめるヤツ。

太陽の下で
太陽より輝いている、
君の目。
これ以上の宝石はありません。

人が歩いています
強い日ざしのなかを
大雨のなかを
冷たい風のなかを
ゆっくり
ゆっくりと歩いています
遠くへ行くために

心が寒いのです
まるで風邪をひいたかのように
何を見ても
何を聞いても
何を話しても
寒いのです
どうしてなのでしょうか……
おしえてください

でも
僕は答えの半分を知っているのです

あなたが**感動**するくらい、
想像力を使うことができるんだ。
言葉をかわしてないから。

今日、明日のことでなやまなくても
いいと思います。
明日のことは、明日が今日になったら
自分でなやむのですから。

時間やエネルギーを浪費して
みんなが何かを競って、走っている。

食べているときに「食事とはなんぞや」とは
考えないわけで、
眠っているときに「睡眠とはなんぞや」とは
考えないわけで、
恋をしているときに「恋愛とはなんぞや」とは
考えないわけで、
話をしているときに「会話とはなんぞや」とは
考えないわけで、
…………………………………………
…………………………………………
…………………………………………。

なぜ、人を殺しちゃいけないの？
人は自分じゃないから、
自分は人に殺されたくないでしょ。

人間に、絶望ってあるのだろうか？
前向きに進んでいるか、後ろ向きに進んでいるか、じゃないのかな。

今は、インターネットを使えば
莫大な情報が集められる。
アッというまに一日が過ぎるし、
頭に何となく情報が入ってしまい、
それが正しいような感じになってしまう。
だけど、
どこかで時間を無駄に使ったような気にもなってくる。
そして、その頭に入ったことは、本当なのかうそなのか
ということは、よっぽど気を付けてないと
わからなくなってしまう。

つまり、「理論的根拠を説明できるのかね、え？
どうなんだどうなんだ」
と言われると「ん〜〜〜」という感じに
なってしまうことが多い。
理論的にははっきりしてないのに受け入れてしまっている。
どんなことでも、生活の一つの手段として
受け入れるのはいいけど、大事な部分はちゃんと
自分で考えないとね。

どっかがへっこんでる人は
どっかがでっぱっているんだ。

「どうせ」
とか
「やっぱり」
とか
言わないほうがいい、
そのとおりになるからさ。

中途半端なマイナス思考は
よくないいんじゃないですか。
すごくマイナス思考になってみたら
いいんじゃないですか、一度。
そこからですよ。
自分でマイナスだと思っている部分が
大事なんだと思います。
いや、そういうところが必要なんです、
人が生きていくには。

そのまま、ありのままで、
ひねくれたり、意地はったり、
強がったりしなくていいから。
沸騰したり、冷めたり
することもあるだろうけど……
道なりに、ありのまま。

教育は、いいこともわるいことも教えなければいけないのだと思います。

ただ、「規則に反してるからダメ」だけではいけないと思います。

自分が誇らしければ、どこに行っても誇りがあれば、それでいいのではないでしょうか。

その人が言ってることを聞くときは、
まず、その人を**信用**してあげなきゃ。

僕は、ゆっくりと歩いています。
みんながすごく早く走っていることに気がついたからです。
そして、みんなどんどん変わろうとしています。
なぜ？　どうして、そんなに変わろうとするのでしょうか。
変わることは、そんなにいいことですか、もどることはそんなに
こわいですか。変わらないで自分をやっていくことが大変だから
変わるのですか。
みんな何か、理由をつけて変わろうとします。

僕は、時には大変かもしれませんが、
すなおに自分を歩いていこうと思います。
ゆっくりと。
雲の景色を見のがさないために。
風の声を聞きのがさないように。
みどりの変化を感じながら生きていけるように。
ゆっくりと歩いて行きます。

どうして
耐えることをしないんだ？

どうして
慰め合うことをしないんだ？

プライドを捨ててでも
自分の何かを曲げてでも
得たいものがある

業者が勝手に送ってくるメールではないのだから、
それは、一生懸命やってくれたことだから、
頑張って考えて、言ってくれた言葉だから、
無視したり、沈黙したりすることは
人をいちばん傷つけます。
その行為が、
愛情から最も離れているものだと思うからです。

自分にとっての自分
自分のための自分
なんてどうでもいいのかもしれない

ただね
　自分を必要としてくれる人が
かならずいるのだから
そのためには
どうでもよくなってはいけないのだと思うのです

どうしたらいいか、

じゃなくて、**今自分がどうしたいか**

なんだよね。

自分が見捨てていたもの、
これが自分を受け入れてくれる。

空が青い
みどりがそよぐ
私の神経もそよぐ

なぜ
こんなに！
この空はつながっているのだろうか
本当につながっているのだろうか
あの雲を君は見ているのだろうか

私は見ている
最初に見つけたのだ
空は青い
しかし
これほど暗黒な光が……
私は包まれている
沈潜

空は青い
徹底的に

目的は、もたなくてもいいんだ。
前を向いて、ただ進んでいるだけでいいんだ。
やっていることに理由をもっていれば。

一人でとじこもっていたらだめなんだ。
会話をして、キズつけあうこともあるけど、
ゆるしあえるんだ。
人間は、それだけの力をもっている。

最後まであきらめない気持ちと
人を信じる心と
能動的働きかけと
度胸と
意地と
発想力が
あれば
だいたい何でもできるのではないでしょうか
人間は

まだある、まだ大丈夫と言ってやってきて、どれだけの
生物が姿を消してきたのでしょう。
まだ大丈夫と言ってるうちに取り返しのつかないことに
なるものは無限にあります。
ヒトが、いきものたちの命を見つめ、
優しい心を失うことがありませんように。

君のなかに
何か
たねが、いつか播かれることを
信じます。

目をつむってみてください。
黒と白のちがいがわかりますか？

差別や偏見の気持ちが心の中に
あったとしても、それが事実でも、
それを切りぬけることから自由になる
のはすごく大変で、むつかしいこと
ではないでしょうか。

自分を大切にする人は、他人も大切にするのだと思います。だって、他人って自分のためにあるのだから、自分は他人のためにあるのだから。これを認めないことはできないのです。

まわりを気にしすぎて、
笑う、泣く、怒る、
何をするにもあんまり遠慮しすぎると、

損こくぜぇい。

地球は丸いってことになってますけど、
いやだったら信じなくてもいいと思います。

今、一番やらなくてはいけないこと、
空を見て雲を眺めて
人生いろいろ考えること。

end

あとがき

人は、それぞれ考え方や感じ方が違います。

僕のこの本が、縁あって読んでくださった人にどう伝わるのか、楽しみでもあり不安でもあります。しかし心のままで受け取ってくだされば、そして心でみなさんに接することができれば、これ幸いです。

人生は、その時によって見える眺めが違います。少し昔を振り返ると、なんであんなことをしていたのだろう、と思うことがあります。

でもそれは、同じ場所を見るのでも、自分がいる場所によってずいぶん見える景色が違うんだなぁ、というようなことと近いものがあるのではないでしょうか。

それが、その時の自分の価値観なのです。

だから僕は「今、自分が思ったこと」を言っていきたいと思っているのです。

この本は、多くの人の助けを借りてできた本です。

さまざまなアドバイスをしていただいた文芸社のスタッフのみなさん、どんなことでも快く相談にのってくれる友人、「枝先のことを考えすぎないで、人に迷惑がかからない範囲でやりたいことをやりなさい」と常に言ってくれる両親、言葉というものをつくり出した、私たちの遠い先祖に感謝します。

そしてほんの「ツブヤキ」みたいな文を読んでくださった読者の方々には、ただ頭を下げるしかありません。

札幌の豊平川を目の前にして

ふじの　こう

著者プロフィール

ふじの　こう

本名：藤野功。東京都青梅市に人間として生まれる。
みどり豊かな風土のなかで育ち、幼児期からとにかく外を走り回る。お勉強のほうは、ずーっと“おちこぼれ”だったが、「将来は、いきものにかかわる仕事をしたい」と考えるようになり、大学受験することを決める。予備校では、人生においてかなり影響を受けたすばらしい先生と出会う。専修大学北海道短期大学造園林学科に入学。北海道での生活が始まる。冬の雪の多さに恐怖さえ感じた。卒業後、酪農学園大学酪農学部酪農学科３年次に編入。現在同大学３年生。風にのってやってくる牛のにおいを吸いながら講義を聞く日々。札幌に住み、市内をウロウロしている。

Blue Wind Path　～青い風のとおりみち～

2002年1月15日　初版第１刷発行

著　者　ふじの こう
発行者　瓜谷 綱延
発行所　株式会社文芸社
〒112-0004　東京都文京区後楽2－23－12
電話03-3814-1177（代表）
03-3814-2455（営業）
振替00190-8-728265

印刷所　株式会社フクイン

ISBN4-8355-3168-X C0092